CHARLES MARY

Lieutenant de chasseurs à pied

Avant et Pendant la Mêlée

POÈMES D'UN SOLDAT

JOUVE & Cⁱᵉ, ÉDITEURS

PARIS - 15, RUE RACINE - PARIS

1917

Avant et Pendant la Mêlée

CHARLES MARY

Lieutenant de chasseurs à pied

Avant et Pendant la Mêlée

POÈMES D'UN SOLDAT

JOUVE & Cie, ÉDITEURS
PARIS - 15, rue Racine - PARIS
1917

A la mémoire des braves camarades du 18e,

tombés pour la défense de nos libertés

C. M.

PRÉFACE

—

LUI !

Un péril imminent suspendu à un fil
                    Menaçait le monde
Y semant la frayeur. Un être fourbe et vil,
                    Créature immonde,
                            Orgueilleux,
                            Vaniteux,
Voulait trancher le fil et préparait son glaive !

L'homme était Guillaume, l'empereur allemand,
Despote criminel qui croyait à son rêve,
Qui se voyait déjà, tel Rollon le Normand,
Tel Attila, le chef d'une armée de Barbares
Qui foulerait le sol des autres nations,
Sèmerait partout le vol comme les Avares,
Ferait subir à tous des persécutions,
Détruirait les villes, jetterait l'épouvante,
Renouvellerait les crimes des Sarrasins,
Des Vandales, des Huns, ferait pâlir de Dante
Le si terrible enfer et sur tous ses voisins
Etablirait une brutale hégémonie !

Le Kaiser décidé à cette félonie,
A rompre ses serments, à violer les traités,
Tendant le glaive qu'il voulait ensanglanter,
Allait couper le fil et déclancher la guerre,
Quand, soudain, le troublant, tous les rois de la terre,
De tous les temps passés parurent à ses yeux.
Il vit devant lui la foule de ses aïeux
Qui tous le conjuraient de rester pacifique,
De faire de son règne un règne magnifique,
Illustrant à jamais le nom d'un empereur.
Guillaume répondit : « Je serai massacreur,
Je tuerai, souillerai ! Eternellement l'homme
Tremblera en disant mon nom ! Je prendrai Rome,
Paris, Londres, Moscou, Bruxelles, Pétersbourg !
J'abattrai les manoirs, je raserai les tours
Et en regardant la multitude des ruines
Qui couvriront plaines, monts, coteaux et collines,
L'humanité saisie d'effroi dira : Que grand,
Merveilleux, kolossal, puissant fut ce tyran ! »

La foule des aïeux retourna aux tortures
De l'Enfer, maudissant cette progéniture
Dont le sang était le sien et dont les discours
Vivifiaient les feux de l'infernal séjour.
          On entendit les cris des âmes
          Qui disparaissaient dans les flammes.

Guillaume vit alors, à leur tour, les Césars,
Les empereurs d'Asie, ceux d'Europe, les Tsars.
L'un d'eux dit : « Nous sommes damnés ! Pour les idoles,
La roche Tarpéienne est près du Capitole. »

« Guerriers d'autrefois, répliqua le bandit,
Dans vos actions vous fûtes des étourdis.
Moi, j'ai créé une machine formidable
Dont les sortilèges effraieront le diable.
Devant moi pâliront toutes vos cruautés ! »

Alors les conquérants furent épouvantés
Et glissèrent dans l'ombre en un pompeux cortège.
L'un d'eux dit en partant : « Moscou ! Maudite neige ! »
Le remords poursuivait le grand Napoléon.

Quand furent partis les Césars, les Pharaons,
Le Kaiser aperçut les anciens chefs barbares.
Il vit là Gengis-Khan, conducteur des Tartares,
Clovis, Arminius, Tamerlan, Alaric,
Tous ceux qui autrefois menèrent avec science
Plusieurs invasions. Leur grande expérience
Enchantait Guillaume qui comptait recevoir
Mille compliments. Il n'en fut rien.
        « Le pouvoir,
Dit Attila, te perd. Sache-le, la sagesse
N'est pas de rénover les stupides prouesses
Qui pour l'Eternité nous valent tant de maux.
Laisse-nous seuls souffrir et expier nos fautes !
Pourquoi reprendre les folies des Argonautes ? »

« C'est fort bien, répliqua le nouveau conquérant,
Mais j'aurai avec moi le Dieu prépondérant,
Le seul Dieu d'Abraham ! »
       Ce satané blasphème
Révolta Jéovah et le visage blême,

Guillaume, dans les nues, l'entendit lui crier :
« Maudit soit celui qui ose encore prier,
      Quand son âme perdue
      Est à Satan vendue !
Maudit soit à jamais le vil blasphémateur
Qui invoque et supplie le divin Créateur
      Pour exaucer sa soif de crime
      Et mieux torturer ses victimes ! »

L'empereur cabotin n'eut pas un tremblement.
Ruminant : « Je créerai le vieux Dieu allemand ! »
Contre le fil tendu il projeta le glaive
Et partit follement, pour conquérir son rêve.

Paris, janvier 1917.

I

AVANT LA MÊLÉE

(1912-1914)

MOURIR POUR LA PATRIE

Qui meurt pour la Patrie a bien assez vécu,
Puisqu'il possède la plus mâle des vertus !
    La vie reste stérile,
    Quand les ans sont perdus,
    Et elle est inutile
Si elle ne donne la vengeance aux vaincus

    Qu'importent donc les jours
    S'ils ne montrent à l'homme
    Que le sublime amour
Est celui du Pays, République ou Royaume,
    Que pleure le proscrit,
Que tout bon citoyen aime, honore et chérit.

S'ils ne lui montrent qu'au-dessus des gâteries,
    Des folles ivresses de la galanterie,
    Qu'au-dessus des amours,
    Des douces rêveries
    Qui enchantent ses jours,
Il y a la mère commune, la Patrie.

Mourir pour la Patrie !
Non, ce n'est pas mourir !
Tomber dans la tuerie,
Glisser dans la tombe que l'on viendra fleurir
Et se sentir partir
Sous l'aile du devoir, non, ce n'est pas périr !

C'est vivre dans la gloire,
C'est vivre respecté,
Célébré par l'histoire
Pendant l'Eternité !

C'est vivre loin du monde,
A l'abri des soucis,
Dans une paix profonde,
Isolé des ennuis.

C'est vivre dans les âmes
De tous ses descendants
Et c'est auréoler de glorieuses flammes
Le front de ses enfants !

1912.

LES PAYS ANNEXÉS A LEURS MAÎTRES

I

Vous nous avez arrachés
A notre noble Patrie.
Vous nous avez détachés
De cette mère chérie,
Et vous voudriez encor
Nous prendre nos cœurs, notre or,
Nos biens et notre langage :
Vous nous offrez l'esclavage !

2

Et vous voyez, dépités,
Qu'ayant conquis notre terre,
Nos villages, nos cités,
Vous n'avez qu'un cimetière !
La Lorraine se défend !
Malgré votre air triomphant
Votre vil effort se brise :
La Lorraine n'est pas prise !

3

Vous voyez, découragés,
Que vous n'avez pas l'Alsace
Et cela vous fait rager.
En vain votre infâme race
Persécute les vaincus,
Leur dérobe leurs écus,
Le fossé se creuse encore
Et la haine nous dévore.

4

L'esprit fade, sans saveur
De votre « Kultur » infâme
Ne peut captiver nos cœurs
Ni modifier notre âme.
Par contre, dans tous nos bourgs
Survit, de Metz àStrasbourg,
Y maintenant l'espérance,
Le grand souffle de la France !

5

Et lorsque le jour viendra
De la revanche attendue,
L'Alsace vous attendra !
La foi qui se perpétue
Servira les trois couleurs
De nos frères, de nos sauveurs,
De tous les fils de la France
Levés pour la délivrance.

Mars 1913.

LE RÊVE

Les Français vainqueurs sont arrivés jusqu'ici,
Dans la grande plaine d'Alsace et la grande bataille,
La lutte décisive est proche. La mitraille,
Déjà, sème la mort parmi les deux partis ;
Les obus explosent, bouleversant la terre,
Leurs parois d'acier se brisent comme du verre ;
Notre cavalerie revient de l'avant
Chassée par les fusils, des patrouilles circulent
Et là-haut dans le ciel passent des libellules,
Rapides monoplans ou encombrants biplans.

Ici des tirailleurs ont remué la terre
Y creusant des tranchées que des fils barbelés
Protègent d'un assaut. Là, notre artillerie
A, contre un mamelon, massé ses batteries
Le transformant en un redoutable cratère,
Dont la gueule vomit des monstres enflammés !
Les villages hier encore si paisibles
Sont devenus des points d'appui fortifiés :
Les murs sont crénelés, l'on a édifié
Des barricades, des fougasses explosibles,

2

Les lisières sont couvertes en avant
Par des retranchements.

                     Tout le génie des hommes,
Les découvertes de leurs fameux savants,
Explosifs violents et aciers au chrome
Sont concentrés ici prêts à semer la mort.
Deux nations sont là réglant une querelle,
Toutes deux préparées pour cet ultime effort,
Toutes deux garnies de puissantes citadelles
Et du choc des obus, des balles et des boulets,
De ce vaste duel, dépend leur existence.

Les ordres arrivent, les rangs sont au complet.
Bientôt le flot mouvant des combattants s'avance,
Une vague humaine déferle sans répit
Traversant cet enfer dont le feu la meurtrit,
Perdant des braves dans le terrible carnage,
Morts silencieux ou blessés dont la douleur
Se manifeste par des hurlements sauvages
Qui ne font qu'activer la sublime fureur
De la masse enivrée.

                  Un sang généreux coule,
Des bras sont emportés, des cœurs sont perforés,
Mais nos soldats hardis se bousculent en foule ;
La vue des blessures, des muscles torturés,
Des chairs informes, des crânes pulvérisés,
Des amis qui dorment leur dernier sommeil,
Tout ce grand charnier ne fait que les griser !
En avant ! C'est le cri unique, cri d'éveil,
Qui comprend à la fois l'ordre du capitaine,
Les commandements des jeunes lieutenants,
Les râles des mourants abattus dans la plaine,
Le dernier murmure des agonisants !

C'est le cri du passé, celui de nos ancêtres !
C'est le cri du présent, celui de nos parents,
Le cri de l'avenir, celui de tous les êtres
Qui nous sont chers, celui de nos petits enfants !
En avant ! C'est le cri de tous les bons Français
Leur cri de ralliement, c'est celui qui les groupe
Autour d'un seul drapeau dans les mêmes pensers
Formant une splendide et glorieuse troupe.
En avant ! C'est le cri de tous nos jolis bourgs,
C'est aussi celui de toutes nos grandes villes,
Criant la justice au tonnerre du tambour
C'est le court résumé d'un très grand évangile !
En avant ! C'est le cri des choses et des gens,
De l'enfant qui veut vivre et cherche des mamelles,
De l'aïeul épuisé et courbé sous les ans,
C'est, en un mot, le cri de l'âme universelle !

. . . .

Notre artillerie fait, grâce à un bon pointage,
Dans les rangs ennemis de sérieux ravages.
Pleins d'enthousiasme nous avançons toujours
Sur l'objet commun, sans arrêt, sans détour.
Par bonds nous poursuivons la marche triomphale
Nous souciant fort peu de la pluie des balles.
Cependant les fusils sont en ligne et leur feu
Est décimant. Nos troupiers sont courageux,
Les coups sont rendus et les lignes se rapprochent
Grossies par l'arrivée de renforts qui s'accrochent
Aux groupes précédents. L'intensité du feu
Croît d'instants en instant, le poste est périlleux
Mais personne ne songe au danger !

                                     Deux cents mètres !
Un nouveau bond et nous arrivons à cent mètres
Des casques à pointes...
                         ... Dans le lointain un air

Retentit : la charge ! Aujourd'hui comme hier
C'est le son magique d'où jaillit l'étincelle !
C'est le son qui séduit, captive et ensorcelle !
C'est le moyen suprême ! Un cri répercuté
Par l'écho mille fois, cri de férocité
Lui répond aussitôt, remplit la vaste plaine
Et tous les Français dans une course soudaine
Se jettent sur les Allemands épouvantés !
Nos baïonnettes sont bientôt ensanglantées,
Les poitrines percées ne lancent que des râles,
Les corps roulent sur le sol, les visages pâles
Regardent encore avec stupeur les vainqueurs
Pendant que les autres, victimes de la peur,
Se voyant impuissants, fuient en un complet désordre.
Puis, c'est la poursuite. Nous reformant en ordre,
Nous repartons contre la masse des fuyards.
Aidés par nos canons, nos valeureux gaillards
Savent tirer tout le profit de la victoire
Et jusqu'au dernier moment se couvrent de gloire !

Les Teutons sont vaincus !
Vous vouliez, Germains, violer nos cités,
Saccager tous nos biens, asservir notre race,
Souiller encore une fois notre capitale,
Et imposer à tous votre force brutale !
Vous vous êtes trompés et c'est désenchantés
Que vous nous quitterez, punis de votre audace !

Les Teutons sont vaincus !
Leurs succès d'antan sont à jamais effacés :
Wissembourg ! Frœschwiller ! Sarrebruck ! Rezonville !
Saint-Privat ! Sedan ! ne sont que des souvenirs

Qu'en un instant nous avons pu anéantir.
En un mois nous avons rasé tout le passé,
Reconquis l'Alsace, la Lorraine et leurs villes !

. . . .

Mon bonheur est parfait ! C'est l'idéal, l'extase !
Mais qu'entends-je... ?
                            ... Un clairon.
                                    ... Il sonne avec emphase :
Lève-toi ! Lève-toi !...
                            ... Le réveil du soldat !
Le réveil classique sonné loin du combat !...
Est-ce bien le moment sur ce champ de bataille
De mêler ces sons au fracas de la mitraille ?
Mes yeux s'ouvrent peu à peu : C'est donc le réveil ?
                    Je vois les rayons du soleil
                    Incendiant l'aube vermeille !
Mais voici la chambrée, les amis qui s'éveillent !
Ces obus !...
                    Ces soldats ! Ces blessés ! Ces mourants !
Ces hurlements ! Ces cris déchirants !
Ce n'était que folie !
                    Le triomphe du glaive
De notre France, hélas, ce n'était qu'un beau rêve !

                            A la caserne, mars 1912.

LA FÊTE DU 156ᵉ

Le quartier ne fut jamais aussi joli,
Les murs sont pavoisés et de fleurs embellis,
De grandes guirlandes de lierre et de feuillages
Enchevêtrées en un magnifique assemblage
Se balancent autour de notre grande cour
La transformant en un merveilleux Luxembourg

. . . .

1813 ! La France était épuisée
Devant une Europe forte et coalisée.
De notre Grande Armée il ne restait plus rien
Que des débris.
                    Russes, Suédois, Prussiens,
Portugais, Espagnols soutenaient l'Angleterre
Et contre les Français recommençaient la guerre.
Napoléon n'avait plus d'hommes sous la main,
L'échec de nos armes apparaissait certain.
Le patriotisme gaulois sauva la France :
L'Empereur trouva des soldats parmi l'enfance,
Tous les adolescents voulurent être armés,
Dès les premiers combats on les vit enflammés,
Remplis d'enthousiasme, crânes, l'esprit tenace,
Méprisant le danger, décidés, pleins d'audace,
Bondir férocement sur les coalisés
Et Ney put dire : « Avec eux on peut tout oser ! »

Rien n'est impossible, car ils sont la jeunesse
Débordante de vie, pleine de hardiesse
Le succès leur sourit car ils sont des soldats
Qui ne craignent personne et aiment les combats,
Qui savent sacrifier joyeusement leur vie
Dès l'instant qu'il s'agit de sauver la Patrie.

Pour eux le corps à corps est un bien doux plaisir
Et comble leur ardeur, leur foi, leurs désirs.
Les canons qui tonnent, les fusils qui crépitent
Exagèrent leur foi, les font courir plus vite.
A leurs adversaires ils prodiguent les coups
Espérant célébrer la victoire à Moscou !
Ils ont la fermeté d'âme de Mithridate
Et renouvellent les exploits des Spartiates.

BAUTZEN (20-21 mai 1813)

Russes et Autrichiens éprouvés à Lutzen
Se replient en ordre sur le camp de Bautzen
Et se retranchent sur les hauteurs de la Sprée,
Prêts à y recevoir la redoutable armée
Des Français. Barclay de Tolly est à Preilitz,
Blücher à Klein-Bautzen, Wittgenstein à Rabitz.
Le 19 Lauriston et Ney lancent leurs hommes
Sur ceux d'Alexandre et de Frédéric–Guillaume...
La nuit arrête le combat.
                            Le lendemain
Il recommence avec encore plus d'entrain.

Oudinot, Macdonald, Marmont entrent en ligne,
Chaque soldat de ses aînés se montre digne.
Les alliés perdent peu à peu du terrain,
Ne pouvant résister à tous ces cœurs d'airain !
Le troisième jour Blücher fait l'impossible,
Se dépense en vain, les Français sont invincibles !

Fêtons, honorons nos braves devanciers
Et si un jour il nous faut nous sacrifier,
Verser notre sang pour sauver notre Patrie,
Epousons pour vaincre leur haine et leur furie.

                                    Toul, mai 1913.

II

PENDANT LA MÊLÉE

(1914-1916)

UN CRIME

Le ciel était noir, partout d'épais nuages,
Obscurcissaient les nues et prédisaient l'orage.
Paris était triste ; des hommes éplorés
Allaient aux nouvelles, des esprits égarés
En donnaient largement sans en savoir la source,
Tous les financiers abandonnaient la Bourse,
La foule commentait les informations,
Les représentants de toutes les nations
Prenaient part à un grand tournoi diplomatique.
Tout Français sentait un souffle patriotique
Passer dans l'air, que rien ne pouvait repousser
Et une seule idée retenait ses pensers :
Défendre le pays !
           La France pacifique
Allait-elle lever son armée héroïque
Pour prévenir à temps les desseins ennemis !
Le conflit redouté et tant de fois remis
Allait-il éclater ?
           Verrait-on le grand crime,
Cette course insensée de l'Europe aux abîmes ?...
Un homme malgré tout voulait croire que non !
Cet homme, un apôtre, croyait à la raison,
A la sagesse des peuples et de leurs maîtres
Edifiés par les erreurs de leurs ancêtres,

Fidèles aux traités. Il espérait toujours
Et sa foi profonde, il la criait tous les jours.
Cette éloquente voix travaillait pour la France
En maintenant chez tous la sublime espérance.

Cet homme vous l'avez tué !
L'apôtre Jaurès, le noble tribun Français
Est tombé sous vos coups, malheureux insensés !
Comment n'avez-vous pas compris, ô fanatiques,
L'affreux mal que ferait ce crime politique,
Cet assassinat du leader d'un grand parti
A notre cher pays.
                 Que stupide et petit
Fut ce geste homicide ! En ouvrant une tombe
Vous déchaîniez une affreuse hécatombe !

L'apôtre est mort : Vive l'idée !
Néron n'a pu chasser celle née en Judée,
Les rois persécuteurs n'ont pu vaincre Luther !
En vain ils ont usé et du feu et du fer !
Ils ont vu triompher les Rousseaux, les Voltaires !
Ils ont vu leur palais aux mains des prolétaires !
Ils ont dû s'incliner devant les Mirabeaux,
Saluer le peuple et implorer le bourreau !
La pensée jamais ne succombera au crime ;
Les vivants ont toujours pu venger la victime !
Les martyrs ont formé la foule des croyants !
La gloire resplendit des bûchers flamboyants !

Un homme est arrêté, mais est-il le coupable !
Demandez à tous ceux dont la haine implacable

S'acharnait sans trêve contre l'homme de bien,
Si leur conscience ne leur reproche rien !
Demandez-le à ceux dont la grande richesse
Insulte du pauvre l'impuissante faiblesse ;
Questionnez un peu ces méchants, ces jaloux,
Dont il ne put jamais désarmer le courroux !

(août 1914.)

NOBLE BELGIQUE

La Belgique est violée, les Allemands la foulent.
Liège a succombé,
Bruxelles va tomber
Et demain les Germains molesteront la foule
Des Belges, au grand cœur,
Qui luttent pour l'honneur !

Liège la vaillante, Liège cité ardente,
Nous t'aimerons,
Te chérirons,
Nous tes amis Français. Que nòs âmes ferventes
N'oublient jamais
Le sort mauvais
De la ville belge qui contre des armées
Lutta sans peur,
Avec ardeur,
Restant fidèle à son antique renommée.

La Belgique vivra !
La Prusse périra !
Ou le monde sera pour toujours la Patrie
De la force brutale et de la barbarie !

Gloire au petit peuple qui eut la volonté
Et la vaillance
De résister au viol de sa neutralité !
Son impuissance
L'ennoblit, le grandit, le range au premier rang
Parmi ceux qui toujours restèrent les plus grands !

Vous les neutres,
Vous les pleutres,
Que vous êtes petits !
                    Que vous resterez vils
Peuples sans âme qui avez fui le péril,
Qui n'avez su oser condamner le parjure,
Vous qui auriez dû, contre la forfaiture,
Lancer l'anathème !

Ta gloire suprême,
Belgique, c'est d'avoir maintenu le bon droit,
De l'avoir défendu avec ton noble roi,
D'avoir exposé ta vie
Pour n'être pas asservie !

                    (Amiens, 18 août 1914.)

DEUX GRANDS NOMS

MULHOUSE !

Nos drapeaux glorieux battent au vent d'Alsace,
Mulhouse est aux Français ! Toutes ses rues et places
Sont pavoisées, partout s'agitent nos couleurs,
L'enthousiasme est entré dans tous les cœurs !
Notre armée recueille le fruit de son audace.

Le son de nos clairons retentit dans l'espace
Salué par les cris de cette populace
Hier asservie sous le joug de la terreur.

Pour la grande guerre, quelle belle préface !
Quel colossal échec pour la maudite race !
Quel succès pour le droit outragé, pour l'honneur !
Demain, fils des Gaulois, prodigieux vainqueurs,
Vous saignerez à blanc le monstrueux rapace.

(20 août 1914.)

CHARLEROI !

Le choc fut terrible. En vain, un contre deux,
Nos soldats luttèrent avec un grand courage
Transformant le combat en un sanglant carnage ;
Le flot fut assez fort pour avoir raison d'eux !

Les griffes puissantes de l'ennemi hideux
Étendirent alors leurs foudroyants ravages.
Les Barbares, libres, prodiguaient les outrages,
Les foules apeurées s'enfuyaient devant eux !

Aujourd'hui encore, se poursuit leur avance,
Cependant qu'en nos cœurs nous gardons l'espérance,
Attendant, confiants, l'aube des jours vengeurs !

Nous irons s'il le faut jusque dans les Cévennes,
Luttant jusqu'à la mort pour que la race humaine
Soit enfin délivrée des peuples ravageurs !

(Amiens, 24 août 1914.)

LA VICTOIRE DE LA MARNE

Joffre a dit « C'est ici qu'il faut vaincre ou mourir !
La France est immortelle, elle ne peut périr,
Soldats arrêtez-vous sur les bords de la Marne,
Que contre l'ennemi chacun de vous s'acharne,
Qu'enfin notre Patrie en un mâle sursaut,
Refoule l'Allemand par un suprême assaut ! »

Joffre a dit tout cela et les soldats de France
Ont répondu : « En avant pour la délivrance ! »
Et ayant pleuré de joie comme des enfants,
Ils ont juré d'être désormais triomphants !
Puis ce fut le combat, la sanglante bataille,
Un colossal enfer fait de feu, de mitraille.

(1914)

Mon brave capitaine est tombé le premier.
Ignorant le danger, méprisant la prudence,
Dirigé seulement par sa grande vaillance,
Des actes de bravoure il était coutumier.

Il fut toute sa vie un fidèle officier,
Qui ayant dans son cœur cultivé l'espérance
De voir la revanche de notre chère France,
Allait à l'assaut sans jamais se soucier.

Il habitait là-bas, au seuil de la Patrie
Et bien souvent en de charmantes rêveries
Il voyait ses soldats courir à l'ennemi.

O ! mon regretté chef, nous vivrons votre rêve.
Nous passerons chez vous en allant jusqu'à Trèves
Car depuis hier nous ressuscitons Valmy !

(Maurupt, 8 septembre 1914.)

Je te pleure, ô Sermaize !
Hier coquette ville ; aujourd'hui grand bûcher,
Terre d'épouvante d'où jaillissent des flammes
Dévorant les maisons qu'elles viennent lècher.
Les obus te rasent, mais malgré eux ton âme
Plus stable que la pierre et que ton vieux clocher,
Survivra sous la braise.

De la cendre inondée parfois jaillit le feu !

Et tes sœurs d'infortune,
Je les pleure comme toi. Maurupt et Pargny,
Modestes villages dont les merveilleux sites
Etaient remplis du chant des oiseaux sur les nids,
N'offriront plus demain aucun toit, aucun gîte
Aux pauvres habitants que la guerre a bannis
D'une terre commune.

Détruire pour l'ennemi ne fut hélas qu'un jeu!

Mais après la mêlée
Les villes martyres reverront la splendeur,
Les maisons renaîtront. Seules quelques ruines
Resteront pour marquer un passé de douleur
Et diront à tous : « Là est passée la vermine,
Vous qui n'oubliez pas, allez avec ferveur
Fleurir les mausolées. »

(Vers Sermaize, 9 septembre 1914.)

La lutte est acharnée. Devant les murs brûlants
Le corps à corps n'a pas cessé de la journée
Et les victimes sont en tas accumulées !
Que d'hommes sont tombés dans leur sublime élan

Maurupt est un tombeau qui jamais ne se ferme.
L'Allemand obstiné voudrait le posséder,
Mais, l'ayant pris cinq fois, il n'a pu le garder
Car nos chasseurs ont su cinq fois le charger ferme!

Ce fut un déluge d'obus, de fer, de plomb,
Le sang s'est épanché à grands flots dans les rues !
Enfin les Boches, en une fuite éperdue,
Sont partis vers les bois, battus par nos canons.

La nuit est venue mais déjà chacun prépare
Le lendemain. Nos chasseurs seront satisfaits
Le jour seulement où nos ennemis défaits
Retourneront chez eux, aux pays des Barbares

Nous creusons des tranchées en attendant le jour,
Des cadavres sanglants vient une odeur fétide,
Mais l'odeur de la mort et ses relents putrides
Ne nous font pas craindre le monstrueux vautour.

Il ne nous reste plus aucune nourriture,
Hors le classique singe et le café du sac
Que nous ingurgitons sans le moindre cognac,
Mais nous avons l'eau que nous donne la nature.

Quand les shrapnells tombent, qu'importe donc la faim !
Quand le moral est bon et forte la pensée
Le corps reste fort et fait triompher l'idée.
Quand l'âme est bien saine, le corps est toujours sain

(Maurupt, 9 septembre 1914).

Le clocher de Maurupt à son tour est en flammes,
Ses poutres en brûlant projettent des éclairs,
Des sauvages, pauvre et innocente victime,
  Pauvre clocher, quel fut ton crime ?

Il me semble là-bas voir s'envoler ton âme
Et qu'elle crie bien haut, par dessus tous les airs
  La malédiction céleste
  Contre la cohorte funeste.

(Maurupt, 9 septembre 1914.)

I

La victoire est venue couronner ces journées !
Le deuil était partout, sombre était l'horizon ;
Contre nous jusqu'ici, fatale destinée,
La sauvagerie déchaînée,
De nos forces avait raison !

2

En un effort soudain, illuminant l'espace,
Notre France immortelle a repris le flambeau !
Le flot de tous ses fils en une belle audace
A rejeté l'aigle rapace
Du vil Germain vers son tombeau.

3

L'Allemand maintenant fuit partout en déroute,
Abandonnant soldats, chevaux, vivres, canons ;
Ses colonnes battues se pressent sur les routes.
Guillaume voit sa banqueroute
Et son armée maudit son nom !

4

La France te salue, merveilleuse victoire,
Car, plus glorieuse que celles d'autrefois,
Que celles qui ornent sa magnifique histoire,
Tu marques à jamais la gloire
De la liberté et du droit.

5

Et vous camarades tombés dans cette lutte,
L'humanité vous chérira avec ferveur.
Elle dira que morts en provoquant la chute
        De l'ignoble et immonde brute,
        Vous avez été ses sauveurs !

(Hôpital de Saint-Dizier, 11 septembre 1914).

L'INVASION

Nos pères nous disaient sans cesse :
Nous avons vu 70 !
Les souvenirs de leur jeunesse
Et leur fredaines de jadis
S'arrêtaient à l'année terrible,
A l'année des combats horribles,
A l'an du courage impuissant !
Aux jours malheureux où la France
Vit l'invasion de son sol
Par un ennemi sans clémence
Prodiguant le crime et le vol !
Et en nos cœurs d'enfants une juste colère
Montait contre les vils souilleurs de notre terre !

La guerre est revenue, notre sol est meurtri
Et tout comme autrefois, l'Allemand assassine !

Il faut que l'ennemi soit à jamais flétri,
Que la haine, chez nous implante ses racines !

Chaque jour nous voyons le cruel défilé
Des malheureux chassés par l'arrivée prochaine
De l'ennemi connu et par suite redouté.
Le cortège est fort long et respire la peine,

Sur chaque voiture loge un foyer brisé.
Gens et meubles mêlés, pour le cruel exode,
Le convoi lentement s'écoule avec méthode.
Chacun suit le voisin, les chevaux épuisés
Ont compris les hommes, les poulains à leur suite
Semblent très satisfaits de partager leur fuite.

Chaque soir au bivouac, nous voyons dans la nuit
Une vaste lueur : L'Allemand incendie !
Chaque foyer indique un village détruit.
Des femmes, des enfants, cruelle tragédie
Succombent sans secours, sous l'œil de vils soudards
Insensibles aux pleurs de leurs pauvres victimes.
Les jeunes filles sont molestées sans égards,
Elles sont violées. Si, demeurant sublimes,
Elles se révoltent, elles sont sans pitié
Fusillées par ces maudits Barbares
Qui les jugent vraiment bien bizarres !
Laisserons-nous Français le crime inexpié ?
Non ! Nous reverrons sans cesse
Ces sinistres visions :
Css enfants mis à mort pour que meure l'espèce,
Ces cadavres de femmes dont les convulsions
Dernières ont marqué la face !

Il faut que pour toujours aucun acte n'efface
Les crimes prémédités,
Les inutiles et sanglantes cruautés !

(En voyant leurs crimes, septembre 1914).

ENVIONS LE SOLEIL!

I

Des Eparges, notre bataillon tient la crête
Devant nous les Boches terrés dans leurs gourbis
Garnissent leurs lignes, semblables à la bête
Qui, toute tremblante, dans son trou se blottit,
Voyant avec angoisse le rapace à la porte.

2

Le sol subit son sort.
Les clochers de nos bourgs sont couchés sur la terre,
Leurs cloches se sont tues voilà bientôt six mois
Mais le soleil au loin conserve son mystère
Se couchant au déclin du jour, comme autrefois,
Solitaire vivant au sein des choses mortes!

3

Seul, l'astre n'est pas mort,
O soleil bien-aimé, que de bons camarades
Sont tombés glorieux, animés d'une foi
Qui à l'assaut poussait leur sublime bravade!
Que ne sommes-nous donc éternels comme toi!
O soleil immortel, connais-tu ton bonheur?

4

Voir s'écrouler le Grand, le Suprême Colosse,
Assister à la fin du terrible duel,
Voir passer parmi nous dans son propre carrosse
Guillaume le fourbe, Guillaume le cruel,
N'est-ce pas là le vœu que forment tous nos cœurs !

(Les Eparges, septembre 1915).

EN L'HONNEUR D'UN BRAVE PETIT BOY-SCOUT

Fidèle à ses serments et quoique encore enfant,
Il avait un grand cœur et aimait notre France.
Il courait au combat tout rempli d'espérance
Jetant vers l'ennemi un regard triomphant.

Il est tombé au champ d'honneur,
Mais sa tombe sera à tout jamais fleurie
Et sa mère en y venant l'âme meurtrie,
Epancher sa douleur en des larmes amères
Pensera qu'il est mort pour la commune mère.

Et elle comprendra qu'en lui donnant le jour,
En lui donnant de son pays un tel amour,
Elle a connu le vrai bonheur !

(Les Eparges, 10 septembre 1915).

L'ATTAQUE

1

Les obus labouraient la terre
Et leurs éclats semaient la mort.
Dans un assourdissant tonnerre
Les obus labouraient la terre.|

La lutte entre les adversaires
S'achevait en un corps à corps
Les obus labouraient la terre
Et leurs éclats semaient la mort.

2

Les Boches criaient: « Kamerades ! »
Les Français criaient : « En avant ! »
Voyant l'invincible ruade,
Les Boches criaient: « Kamerades ! »

Alignés comme à la parade
Les Français chargeaient en hurlant !
Les Boches criaient: « Kamerades ! »
Les Français criaient : « En avant ! »

3

Les tranchées devenaient des fosses,
Les gourbis d'immenses tombeaux !
La mort sur tous régnait, féroce,
Les tranchées devenaient des fosses !

Ce grand duel était atroce,
Chaque corps tombait au caveau,
Les tranchées devenaient des fosses,
Les gourbis d'immenses tombeaux !

(Aux armées, juillet 1915.)

EN AVANT

I

Le chef a dit: « Frères, c'est l'heure
Et s'il le faut, que chacun meure,
Oublions femmes et enfants,
      En avant !

2

Pour rendre sa défense heureuse,
Le Boche emploie la mitrailleuse,
Qu'importe ce qui nous attend !
      En avant!

3

Il faut franchir partout l'obstacle,
S'offrir là-bas le grand spectacle
De Boches blessés et mourants !
      En avant !

4

Il faut poursuivre l'offensive ;
La revanche quoique tardive
Nous appartient maintenant !
En avant !

5

Reprenons, amis, nos villages,
Combattons, soldats, avec rage,
Chassons bien vite l'Allemand !
En avant !

En campagne, novembre 1915.

AUX GLORIEUX COMBATTANTS
DE CHAMPAGNE

Salut à vous, braves soldats de la Champagne,
Salut aux survivants, aux blessés et aux morts
Qui surent dans cette lutte être les plus forts !

    Votre gloire sera éternelle
    Car vous avez montré à la France,
    Que la terre sacrée et charnelle
    Connaîtrait un jour la délivrance.

    Et vous serez à jamais bénis
    Glorieux conquérants de Tahure,
Dans nos villes, nos bourgs, nos charmantes campagnes,
    Puisque au cercle de fer ennemi
    Vous avez amorcé la fêlure.

                En Champagne, octobre 1915.

4

L'AVION

De l'azur céleste descend un ronflement
Et soudain la tranchée, restée jusqu'ici vide
Se remplit de soldats scrutant le firmament.
Avec attention.
           Un avion rapide
Plane là-haut. Chacun sait que le grand oiseau,
Dédaignant le péril, surveille l'adversaire ;
Que le cœur qui ronronne est celui d'un héros,
Que toujours ce héros fut un hardi corsaire.
Le brave qui, sans peur, dirige ce biplan
Est pour le combattant un zélé camarade.
Parfois il sait saisir à bon escient le plan
De l'ennemi ; parfois il tue avec bravade
L'épervier teuton ; parfois encore il lance
Maintes bombes sur le sol de la « Germany » !
Chaque jour il porte les trois couleurs de France
Bien haut dans les cieux, bien haut dans l'infini !

L'avion bientôt s'entoure de flocons,
Les artilleurs boches vivement le canonnent,
Et chaque éclatement crée un nuage rond
Dont se moque l'oiseau.
           Le moteur qui bourdonne,

Elève l'appareil plus haut dans l'atmosphère.
Six obus arrivent et éclatent trop bas
Pendant que l'avion méprisant leur tonnerre,
Echappe encore pour cette fois au trépas.
Les poilus rassurés sont maintenant heureux,

Ils acclament bien fort ce soldat valeureux,
Et chacun d'eux en son cœur pense :
Que glorieuse est notre France !

En Champagne, novembre 1915.

EN PENSANT AU PAYS

Au milieu des dangers, redevenant enfants,
Nous pensons au pays, à nos pauvres mam...

C. M.

PROLOGUE

Pays qui m'a vu naître, ô ma belle Yveline,
Je voudrais que ma plume aujourd'hui te dessine.
Je voudrais chanter tes beautés, tes champs, tes bois ;
Montrer dans ta forêt la bichette aux abois ;
   Glorifier tes bocages
   Et admirer tes villages ;
Animer tes arbres, tes buissons, tes ruisseaux.
Je voudrais que ma main comme un adroit pinceau,
  Marquant l'empreinte de ton âme,
Immortalise tes charmes et tes vertus ;
Qu'elle dise le cri du lapin abattu
Pour avoir, l'imprudent, dévoré la bruyère ;
La joie du chasseur qui, debout dans la clairière,
  Heureux, triomphant, quoique infâme
Lance son épagneul sur sa pauvre victime ;
La plainte des chênes succombant sous le crime
   De la cognée ; les chants joyeux
   Et doux des rossignols heureux ;

Les pleurs silencieux des plus jeunes racines
Que des museaux rongent ; les souvenirs des ruines ;
Le soupir de la pie ; la chanson du bouvreuil ;
L'agilité du souple et joli écureuil ;
L'envol des perdreaux dans le champ de betteraves ;
Le plaisir du crapaud qui allègrement bave ;
La crainte des corbeaux fuyant épouvantés
Devant des vêtements vieux et déchiquetés ;
La fuite du faisan qui sent venir la poudre
Et tristement doit au plus vite se résoudre
A abandonner le sarrasin ; la fierté
Des coqs qui chantent dans les cours avec gaîté ;
La gourmandise de leurs poules ;
Le frisson des branches qui, secouées par le vent,
Se frôlent et soudain parlent comme en rêvant ;
          L'amour des pigeons qui roucoulent ;
L'harmonie des oiseaux qui chantent sur leurs nids ;
La chute des fruits dont les pommiers sont garnis ;
Le bourdonnement des guêpes et des abeilles,
Le vol gracieux de la feuille qui mollement
S'enfuit d'une branche ; le doux gazouillement
Des pinsons saluant le jour, l'aube vermeille.

. . . .
Dans le vacarme des obus, amis chantons,
Chantons ensemble de mon pays les cantons,
Les bourgs, les hameaux.
                    ...Mais pour chanter l'Yveline,
Il faut par la pensée, auprès de ses collines,
S'endormir doucement, loin de tout abri
Et revoir longuement ces lieux que l'on chérit :
Les plaines dorées par leurs champs de graminées,
Les sablières que les lapins ont minées,
Les plaisants villages étalant sous l'azur,
Les grands chaumes verdis qui couvrent leurs vieux murs.

Il faut rêver! Vive le rêve!
　　Que la vie n'est-elle un beau rêve!
Rêver, c'est si charmant et si délicieux,
C'est voir ce qui se passe tout en fermant les yeux,
Entendre tous les bruits pendant que l'on sommeille,
Sans les rechercher et sans tendre les oreilles,
C'est vivre enchanté et satisfait de son sort,
C'est respirer tous les parfums de la nature,
Des arbres, du gazon, des fleurs, de la verdure,
Sans le vouloir.
　　　　　　Rêver, c'est vivre dans la mort!

NOS MAISONS

Il y a dix ans que le progrès malfaisant
A fait disparaître tous les chaumes charmants
De nos vieilles maisons pour leur substituer
Tuiles et ardoises. Peut-on s'habituer
A ces banalités, après avoir connu
Ces amas de mousses qui par le vent battus,

S'effritaient lentement, s'envolant avec grâce!
Ah! qu'elle était jolie notre petite place,
Lorsqu'encore encadrée de ces toits de verdure,
Elle réunissait les chefs de la peinture,
Les maîtres réputés qui en de belles toiles
La montraient brillante comme une des étoiles.

LA MAISON NATALE

Maison où je naquis, ô mon premier asile,
Je n'oublierai jamais que tu as abrité
Mon berceau en osier, ce petit nid fragile,
   Où chaque soir des mains habiles
   Me couchaient dans le velouté.

Et le petit jardin que cultivait mon père,
N'était-il pas plaisant avec son potager,
Ses allées ensablées, ses murs couverts de lierre,
   Ses fleurs que protégeait ma mère
   Et ses fruits que je ravageais !

Mais voici la forge, l'atelier de mon père,
La sonore enclume et son voisin le soufflet ;
L'établi, son étau aux mâchoires sévères,
   Les outils sur leurs étagères,
   Et leurs métalliques reflets !

Le fer incandescent lance des étincelles,
De grandes tenailles viennent le saisir.
Puis sur l'enclume, les forgerons le martèlent
   Et chantent une ritournelle
   En le regardant s'assombrir,

L'ÉGLISE

Eglise délaissée, monument déserté,
Tu dresses encore ta flèche avec fierté,
Et voulant malgré tout tenir tête à l'orage,
Tu domines toujours le vaste paysage.
Mais tes abois rongés menacent de tomber
Et tes murs sont lézardés. Si ton pauvre abbé
Ne trouve pas bientôt le secours nécessaire
Nous assisterons à ta mort, ô sanctuaire !

CHASSEUR ET GIBIER

Accompagné d'un épagneul,
Le chasseur court à l'aventure,
Espérant bien faire un linceul
De son carnier en ligneul.
Pour ensanglanter la nature,

Son fusil est toujours chargé
De deux cartouches meurtrières :
Le plomb est prêt à saccager !
Malheur au lapin peu âgé
Qui n'a pas l'âme guerrière !

Il faut être tacticien
Pour faire dévier la charge,
Pour désorienter le chien,
Pour se trouver quand la mort vient
En un abri certain, au large !

LES LAPINS... ET LES GENS

I

Restez hors des terriers, heureux petits lapins,
Courez, trottez et galopez ce matin.
Les hommes sont au lit, gambadez chères bêtes,
N'attendez pas le jour, signal de la tempête,
Dévorez la bruyère, aimez le romarin,
Vos meurtriers dorment, prolongez cette fête.

2

Grisez-vous maintenant, car souvent vos repas,
Malheureux lapereaux ne se terminent pas.
La terre, croyez-vous est bien votre conquête,
Ses herbes parfumées sont bonnes pour vos têtes !
Détrompez-vous amis et surveillez vos pas,
Car derrière vous chemine un trouble fête !

3

Aimez-vous chers rongeurs,
Réunissez vos cœurs,
Car le danger s'éloigne
Quand l'amour l'accompagne.
Soyez dans le malheur
Compagnons et compagnes.

. . . . . , . . .

. . . .

4

Un chien a aboyé,
Il vous a effrayés.
Vous dressez les oreilles
Qui toujours chez vous veillent.
La poudre a flamboyé
Sonnant votre Bazeilles !

5

Bondissant aussitôt
Vers le terrier au trot,
Vous évitez les balles
Et le chien qui détale
Vient s'arrêter tout sot
Vers votre capitale !

6

Le chasseur bien confus d'être si maladroit
Jure de se venger, fait fi de votre droit.
Il lance contre vous pour punir votre audace
Un furet affamé et l'animal vorace
S'engage satisfait dans le tunnel étroit.
Vous sentez venir sa cruelle menace !

7

Le furet veut du sang ! Vous voulez fuir la mort,
Vous vous repentez de n'être restés dehors.
Le destin maintenant vous semble si contraire
Que vous vous préparez à gravir le calvaire
Mais tentant cependant de conjurer le sort,
Vous murmurez une fervente prière.

8

Le museau effilé,
Semblable à un balai,
Du putois misérable
Est toujours implacable
Et pour vous étrangler
Il retourne le sable,

9

Lapins, il faut souffrir,
Lapins, il faut mourir !
Allongez votre tête ;
Vous paierez votre dette
En sachant bien périr,
Bonnes et braves bêtes !

10

Vous vous êtes creusé
Pour vous y enliser
Une tombe profonde
En voulant fuir le monde.
Vous serez écrasés
Dans votre couche blonde,

11

Pourquoi vous serrez-vous
Lapins comme des fous ?
Vous demandez justice
Devant le sacrifice !
Au fond de votre trou
Vous craignez le supplice !

. . . .

12

Soudain deux yeux brillent. Jean-Jean pousse un grand cri.
En vain il cherche à fuir. Hélas ! son cou est pris
Et immobilisé dans de fortes tenailles.
L'agresseur est très fort, sans répit il travaille
Il suce le sang de Jean-Jean qui dépérit,
Totalement saigné par le furet canaille !

13

Et je souffre en pensant
Que les buveurs de sang
En ce moment encore
Assombrissent l'aurore
Tuant des innocents
Qui en vain les implorent !

14

Je sens la cruauté
Du tyran redouté.
J'entrevois l'agonie
D'une bête bénie
Qui voudrait exister,
Avoir droit à la vie.

15

Je vois aux yeux les pleurs,
Indices du malheur.
Je vois les grosses larmes
Qui font tomber les charmes
Et je plains de tout cœur
Les assiégés sans armes !

LES FAISANS

Ils dévorent
De bons grains.
Ils picorent
Tous les brins,
Les brindilles
Et charmilles
Que le ciel
Eternel
Leur envoie
Pour leur joie !

Ils sont beaux,
Sur leur dos
Argenté,
Et doré,
La lumière
Prisonnière
Se concentre
Dans son antre.

Elle en sort
Embellie,
Pleine d'or,
Plus jolie !
Les faisans
Lumineux
Et brillants
Sont heureux !

Aux tranchées, 1915.

ANGOISSES ET ESPOIRS

1. VIVRE !

Notre vie n'est qu'une lutte continuelle,
Le corps souffre souvent, l'âme presque toujours
Et pourtant, quand la mort vient nous faire sa cour,
Nous trouvons que la vie est beaucoup moins cruelle !

Dans les gourbis profonds la vie semble fort belle
Quand les obus venant percuter tour à tour
Font trembler la terre, arrêtent les discours,
Et sans délicatesse éteignent les chandelles !

Vivre ! Vivre encore ! C'est bien à ce moment
Le cri de notre corps oubliant les tourments
Le cri que malgré tout pousse l'âme accablée.

Quand l'ordre d'attaquer est donné aux poilus
Chacun d'eux un instant a la pensée troublée
A l'idée que peut-être il ne pensera plus !

2. DERNIÈRE PENSÉE

Un éclat d'obus l'a frappé,
Le sang coule de sa poitrine,
La mort accourt, il le devine
Il sent qu'il n'y peut échapper.

De lui, nullement occupé
Il pense alors à sa gamine
Et à sa femme, il se chagrine.
Ses yeux de larmes sont trempés.

Sa bouche se couvre d'écume,
Ses yeux qui peu à peu s'embrument,
Ne voient que la mère et l'enfant.

Il porte à ses lèvres l'image
Des deux aimées et en mourant
La baise en un suprême hommage.

3. NOS ESPOIRS

Gardons, soldats de France,
Avec persévérance
La certaine assurance

De revenir vainqueurs !
Et qu'une foi fidèle
Apportant avec elle
Une gloire éternelle
Pénètre dans nos cœurs !

Sur la terre lointaine
De l'Allemagne hautaine,
La force souveraine
Saura porter nos pas.
Un jour la Germanie,
Déjà à l'agonie,
Pour son ignominie
Subira le trépas !

Pour châtier l'outrage
Poursuivons le carnage.
Armons-nous de courage
Et nous nous vengerons !
Nous voyons la victoire
Vers l'heure expiatoire
Tracer sa trajectoire !
Oui, nous triompherons !

Voiçi l'aube nouvelle
Et sans doute éternelle :
L'union fraternelle
Des peuples opprimés
Pour toujours délivrés.

1916.

Imprimerie JOUVE et Cⁱᵉ, 15, rue Racine, Paris — 3363-17

BEAUX-ARTS

BIEZ (Jacques DE). — *E. Frémiet, son œuvre*; préface de Frédéric MASSON, de l'Académie Française, avec le catalogue complet de l'Œuvre de Frémiet. 1 vol. in-8 jésus, orné de 43 planches hors texte........... 9 fr.
Ouvrage couronné par l'Académie française (Prix Charles Blanc) et honoré d'une souscription des Beaux-Arts.

GRIVEAU (Maurice). — *Pour la défense du paysage français.* Préface de Marcel BOULENGER. 1 vol. in-16, illustré................. 2 fr.

MARTIN (William), directeur du Musée Royal de La Haye. — *Gérard Dou, sa vie et son œuvre.* Étude sur la peinture hollandaise et les marchands au XVIIe siècle, traduit du hollandais avec un avant-propos par Louis DIMIER. 1 vol. in-8 avec 16 phototypies hors texte, reliure anglaise .... 12 fr.
(Il a été tiré de cet ouvrage 30 exemplaires sur papier de Hollande Van Gelder numérotés, l'ex. 30 francs).

RHONÉ (Arthur). — *L'Égypte à Petites Journées, souvenirs du Caire d'autrefois,* 1 vol. in-8 jésus de 488 pages, avec 8 plans et 242 illustrations de Paul Chardin, C. Mauss, A. Danzats, Ambroise Baudry et Jules Bourgoin, broché....... 25 fr.
Relié............ 30 fr.

HISTOIRE

SCHUERMANS (Albert). — *Itinéraire général de Napoléon Ier,* deuxième édition, préface par Henri HOUSSAYE, 1 vol in-8 de 464 p. 7 fr. 50
Ouvrage couronné par l'Académie Française (prix Thérouanne)

PICARD (Col. L.). — *Les Guerres d'Espagne. Le Prologue. Expédition du Portugal. 1807,* 1 volume in-8° de 354 pages.. .... 5 fr.
— *Guerres d'Espagne (1808). — De Bayonne à Madrid. La Révolution d'Aranjuez.* 1 vol. in-8° raisin de 300 pages, illustré................. 5 fr.

RÉGAMEY (Jeanne et Frédéric). — *L'Alsace au lendemain de la conquête. — L'Alsace après 1870.* 1 vol. in-18 de 400 pages. 3 fr. 50
(Ouvrage adopté par le ministère de l'Instruction publique et par la Ville de Paris.)

ROMANS

BERTHEM DE RIGNY. — *Ames de femmes,* contes. 1 vol. in-18 broché de 350 pages. 3 fr. 50

BOURGEOIS (Abbé). — *Contes normands pour les jours de fête.* 1 vol. de 344 pages, 3e édition............. 3 fr.

FOYE (Maurice de la). — *Les Feuilles sur la route.* Histoires de Champagne et de Sologne. 1 vol. in-18 de 300 pages.......... 3 fr. 50

DRAULT (Jean) — *Les Contes de l'étape.* 1 vol. in-18 de 212 pages, illustré.... 2 fr.
— *La Conspiration de Quillebœuf,* roman historique. 1 vol. in-8° de 168 pages, illustré............ 0 fr. 95

HAREL (Paul). — *Hobereaux et villageois. Le Père Cyprien. — La Houppelande de M. le Curé. — Barbey d'Aurevilly. — Le Bécassier. — Au café. — La mort de M. Beaumesnil.* 1 vol. in-18 de 212 pages............ 3 fr.

L'HOPITAL (Joseph). — *La Dame verte.* 1 vol. in-18 de 232 pages............ 3 fr.